초보인간

일러두기

작가 고유의 글맛을 살리기 위해 일부 표기와 맞춤법은 작가 스타일을 따랐습니다.

초보인간

생의 모든 순간이 처음인 우리에게

김준 지음

지식인하우스

작가의 말

나는 우리의 오류와 삐걱이 좋았으므로
괜한 기대 같은 건 하지 않을게
앞으로도 소용없는 걸음을 계속하기로 해
생의 모든 순간이 처음인 우리에게

아페리티프

학교 다닐 때 쓰던 책상은 낙서하기 좋은 재질이었어요. 칩
보드 합판에 필름을 씌운 전형적인 학교 책상. 그 매끄러운
나무 위에 슥슥 썼다가 호다닥 지우곤 했는데, 나보다 용기
있었던 친구들은 캐릭터 스티커로 온 책상을 도배하기도 했
어요. 나는 그리 용감하진 못해서 뭘 적었냐면, 내 이름을 반
복해서 이어 적었어요. 딴생각할 땐 그게 최고였거든요. 하
루는 종례 시간에 그 짓을 하고 있는데 담임 선생님이 나를
목격한 거예요. 선생님이 그러시더라고요. 네 이름이 뭐 자
랑스럽다고 그렇게 적냐고요. 같은 반 애들은 깔깔 웃었고
저는 할 말이 없어서 머쓱했어요. 그러게요. 내가 언제 대단
한 걸 했던가요. 그 일이 있은 지 십 년 하고도 오 년이 더 지
났어요. 지금은 내 이름 걸고 책을 쓰는데 이게 꼭 그때 책상
에 하던 낙서 같아요. 뭐 대단할 걸 쓴다고 매일 같이 글과

싸우고 얻어맞는지. 제대로 이겨본 적은 한 번도 없으면서 요. 하지만 저는 결코 도망치지 않았어요. 세상엔 진짜로 싸워본 자만이 할 수 있는 이야기들이 있거든요. 내가 그 말을 입에 올릴 건덕지라도 있는지는 계속해서 반문해야겠지만 선생님, 저는 이런 제가 더 이상 부끄럽지 않아요. 그 시절엔 응달의 풀처럼 주눅 들었지만 이제 더는 비슬비슬 살아가지 않을 거예요. 흑연 같은 밤하늘에 저의 이름을 쏘아 올릴 거예요. 별빛이 되어 세상을 향해 쏟아질 수 있도록.

2022년, 김준

차례

2부 | **작은 이야기들**

3부 삶이라는 처음

1부

◇◇◇◇

무해하고
다정한 질문들

서신, 첫 번째

——

충분히 잘 시간

균형 잡힌 식사

혼자일 수 있는 공간

집착하지 않는 마음

서신, 두 번째

—

유니버시티 칼리지 런던에 따르면 일주일에 55시간 일하는
사람은 40시간 일하는 사람보다 뇌졸중에 걸릴 위험이 무려
33퍼센트나 높다고 해요. 심장질환에 걸릴 확률도 13퍼센
트나 증가하고요. 건강을 잃는다면 돈이나 명예가 무슨 소용
이겠어요?

또한 우리가 열렬히 좇고 있는 것이 권력이든 재력이든 종내
에는 무의미할지도 몰라요. 밀란 쿤데라의 『참을 수 없는 존
재의 가벼움』에서 프란츠는 사상과 혁명을 맹렬히 추구하지

만 공교롭게도 그의 죽음은 위대하지도, 역사적이지도, 그리

투쟁적이지도 않았어요. 그는 길거리 깡패와 싸우다가 칼에

맞아 허무하게 죽었거든요.

어디어디 할 것 없이 우줄우줄 돌아다닌다거나, 다리쉼을 하

며 공원 카페에 앉아 멍하니 보내는 시간들이 결코 낭비가

아니에요. 필요하다면 스물네 시간의 숙면도 취해야겠죠. 이

루고자 하는 꿈도, 해야만 하는 일들에도 그러한 휴(休)의 시

간을 통과할 때 충실하게 임할 수 있어요.

또한 밤하늘에 너무 고운 손톱달이 떴다고 신나게 알려줄 수

있는 여유나, 길을 묻기 위해 누군가 멈춰 세워도 귀찮은 내

색 없이 길을 알려줄 수 있는 여분의 친절도 육체와 정신이

온전해야 가능하니까요. 현대에서 삶의 여백은 너무도 희소한 자원이 되고 말았어요. 과도한 노동의 대가가 뇌졸중과 심장질환이라면 여백의 부재는 자아조차 잃게 만들 텐데도.

객석

—

'잘사는 삶'이 주상복합건물처럼 찬양되는 시대입니다. 사람들은 소셜 미디어에 잘사는 삶 중에서도 가장 빛나는 부분을 잘라 전시합니다. 그 전시를 관람하는 동안 현대인의 고달픔은 더욱 깊어집니다. 현기증이 날 정도로 머리 아픈 전시는 매일매일 열리고 또 닫히지 않습니다. 우리는 서로 앞서가기 위해, 앞서가는 것처럼 보이기 위해 최선을 다하니까요. 쇼핑에서 여가, 여가에서 쇼핑으로 이어지는 것이 현대의 명랑함이라면, 그 성실한 주기를 잘 지키는 것이 잘사는 삶의 표본이라

할 수 있을 것입니다. 고작 그런 게 잘사는 거라면 차라리 못 살고 말지, 하고 마음먹는 것도 쉬운 일은 아닙니다. 어느 식사 자리에서 파란 눈의 러시아인 스님을 만난 적이 있습니다. 그 스님이 'Mind of needing nothing'에 대해 말씀하시더군요. 무엇도 필요치 않다는 마음. 아무것도 가지지 말라는 것이 아니라 가진 것들도 필요치 않다는 태도를 가지라고요. 무소유도 결국은 '집착'하지 말라는 것이거든요. 우리는 빈손으로 지구별에 왔고 이곳을 떠날 때에도 같을 거예요. 어차피 죽고 나면 좋은 삶도 나쁜 삶도 없는 걸요. 보여주는 것과 보여지는 것이 절찬리일수록 우리 속은 끝없이 허름해질 거예요. 공연은 요란한데 텅 비어 있어요. 저 수많은 객석들이.

우린 어른일까요 아닐까요

—

늘 앞서가고 싶었어요

잘나고 싶었어요

모두의 위에 서고 싶었다기보단

그래도 옆에 쟤보단 낫고 싶었어요

실제로 쟤보다는 낫다고 생각도 했었고요

그런데 아니에요

십 년 정도 지나고 보니 아니에요

걔가 나은 것도 있고 내가 못한 것도 있고

그냥 서로 다른 사람이라고
이제는 생각해요
그때는 왜 그렇게 화가 났을까요
어른이 된다는 건
많은 걸 짊어지는 동시에 또 많은 걸
내려놓는 일이에요
어른이 된다는 건
그리하여 우린 어른일까요 아닐까요

우린 잊어선 안 되는 것을 잊었고

—

저에겐 '나'라는 사람이 전체의 일부가 아니라, 하나의 독립된 인간으로 존재하고 있다는 감각이 무엇보다 중요했어요. 잘되더라도 내 의지에 따라, 망하더라도 내 선택에 따라 망하는 게 낫다고 생각해요. 마치 운명에 욕설을 퍼부을 깜냥이 있었던 스토아주의자*처럼 줏대 있게. 그럴 수만 있다면 최소한 인생의 주인 노릇은 하고 있는 것일 테니까요. 우주가 내게 의미를 주는 것이 아니라, 내가 우주에 의미를 주어야 한다는 글을 적바림한 적 있어요. 그것이 우주적인 소명이라고요. 부디 내일의 나는 더욱 오롯이 나일 수 있기를!

＊   기원전 3세기 제논에서 시작되어 기원후 2세기까지 이어진 그리스로마 철학의 한 학파이다. 아리스토텔레스 이후 그리스로마 철학을 대표하는 주요 학파의 일원.

심미안

—

갓 끓인 계란찜을 보고
"이거 되게 예쁜 노랑이다."라며
좋아하던 애가 있었는데
세상이 얼마나 충실히 아름다울까요
그 애의 시선이라면

서신, 세 번째

—

아무쪼록 방에서 헤어 나오시길 바랍니다.

마주한 적 없는 바깥에서

숱하게 포기하고 또 낙담하시길

꼭 마음 같지 않은 일

—

갖고 싶은 아이템은 많아지고 가고 싶은 맛집 리스트는 늘어만 갑니다. 세상은 너무도 빠르게 변하고 그 속도만큼 새로운 것들이 생겨나니까요. 배달 전단지가 점점 화려해지듯 가장 창조적이지 못한 방식으로 삶이 초라해지는 과정이 아닌가 싶기도 합니다. 나는 분명 달려가고 있는데 어느 순간부터는 내가 아니라 내 외투와 가방만 달려가고 있는 것 같다고 할까요. 그러한 인간의 모습을 무어라고 말할 수 있을까요? '공허'라고 말할 수밖에 없지 않을까요? 가장 밝은 곳으로 가고 있는 줄 알았는데 어느 순간 내가 찾는 게 '가장 밝다는 어둠' 같아서, 결국은 똑같은 터널 안에서 단 한 번도 벗어난 적 없는 것 같아서 가끔은 무척 허무해요. 그렇더라도 꾸미고 먹는 행복을 부정하진 않을래요. 현대를 여느 현대인처럼 살아가는 것도 어떤 면에서는 피할 수 없고, 또 가장 어울리기도 하니까요. 꼭 마음 같지 않은 일이 봄에는 널려 있다고 애정하는 시인은 전했지만 나는 그것이 봄에만 널려 있는 게 아니라고 시인에게 답하고 싶어요.

읽는 온기

—

어떤 이들은 글을 읽는다고 아무것도 달라지지 않는다며 회의적이기도 하지만 저는 활자로 이루어진 체계가 우리 삶에 스며들고 번지는 과정에서 죽었던 의지가 되살아나고, 빠듯한 삶 속에서도 생기를 되찾을 수 있다고 믿고 있습니다. 또 그렇게 믿는 사람들에게는 그런 것이 당연하기 때문에 재차 말할 필요도 없는 것이지만요.

혹자는 재밌는 글, 맛이 있어 자꾸만 곱씹고 싶어지는 글이 좋은 글이라고 합니다. 일정 부분 동의하지 않을 수 없습니다. 하지만 저에게는 삶을 더 나은 방향으로 견인하는 글이 좋은 글입니다. 절망 앞에서 희망을, 낙담 앞에서 낙관을 불러일으키는 글 말이죠. 삶은 의미 없는 것이라며 회의적인 태도로 일관하는 것도 하나의 태도로써 존중받아야 하지만 저와는 결이 맞지 않다고 하겠습니다.

친절까지 바라는 건 욕심이겠지만 일말의 상식도 쉽게 통하지 않는 요즘입니다. 사는 게 그렇습니다. 나이를 먹는다고 고통을 견딜 수 있는 용량이 늘어나지도 않을뿐더러 행복이라는 것도 지나치게 순간적이고, 견디기 힘든 일들은 항상 약속이라도 한 것처럼 동시다발입니다.

이러한 일상의 연장선에서 '금융치료'가 최고라는 말이 부쩍

유행입니다. 이것은 소비를 통해 우울한 감정을 극복하는 것을 골자로 하고 있습니다. 금융치료의 일환으로 월급날 탕진에 가까운 쇼핑을 하기도 하는 현대인들의 측면이 즐겁고 상쾌해 보이지만은 않습니다. 그만큼 우리의 심신이 많이 지쳐 있다는 것이겠지요.

저는 그런 때일수록 문학을 찾아보라고 권합니다. 이것을 '문학치료'로 명명하자니 왜인지 고리타분합니다만, 글을 통한 테라피는 우리의 심지를 건드리기 때문에 더욱 본질적이고 핵심에 가깝습니다. 문학은 곧장 환전이 가능한 화폐도 아닐뿐더러 병들어 죽어가는 목숨을 살려내는 의술도 아닙니다. 다만 거리에서는 도무지 찾을 수 없는 풍부함을 획득하게 될 거라고 저는 확신합니다.

근거 없는 믿음을 가진 모종의 확신범이라고 불릴지라도요.

애련하고 막막한 생각이 들 때

—

제가 쓰는 책상 바닥에는 집에는 난잡하게 베껴 쓴 종이들이 널브러져 있는데, 그걸 본 친구들이 꼭 물어봐요. 뭘 그렇게 쓴 거냐고. 왜 그렇게 쓴 거냐고. 저는 매번 뭐 그냥, 하고 넘어가지만 그 질문에 진지하게 답해본다면 '이야기 속에서는 잘 버티고 서 있을 수 있어서'라고 말했을 거예요. 사는 게 마음처럼 되지 않을 때 이야기 속으로 들어갔다 오면 어느새 세상을 아주 담담히 걸어갈 수 있는 마음의 준비가 되더라고요. 우리는 누구나 돌아갈 곳이 필요해요. 저에게는 그것이

문학인 것이고, 꼭 문학이 아니더라도 각자의 둥지 하나씩은
마련해 두어요. 애련하고 막막한 생각이 들 때면 변함없이
돌아갈 수 있는.

미스티 로즈*

—

인생은 산이 높아 어려운 것도 아니고
물이 깊어 어려운 것도 아니더라고요
그것은 단지 인간의 마음이
엎치락뒤치락 변화무쌍하기 때문이에요
인간은 달나라에도 가고, 뛰는 심장도 이식하는데
사람 마음 하나 어쩌지 못해서
속절없이 비를 맞고
지나버린 시간들을 통증하는 거죠

어쩌면 우연이 아닐 거예요

삶을 살아가기보다는

삶에 의해 살아졌다는 기분이 드는 것도

*   안개에 가려져 희미하게 보이는 장미의 색.

우린 모든 것이면서 아무것도 아니었어

불안을 견뎌냈다기보다는 그냥 살았던 것 같아요. 불안하면 불안한 대로, 즐거우면 즐거운 대로. 오히려 확신에 찬 사람들이 실패 앞에서 연약하게 무너져요. 저의 경우엔 실수와 실패에 유연했기 때문에 힘들지언정 포기하지는 않았던 것 같아요. 그 과정에서 더러 자책도 하고 낙담도 했지만요. 우린 모든 것이면서 때론 아무것도 아니에요. 우리 삶의 희로애락과 흥망성쇠는 아주 크면서도 동시에 아주 작은 일들이죠. 어둠 속을 걷고 있는 사람에게 저 끝에 반드시 빛이 있을

거라고, 그러니까 조금 더 힘내 보라고 말하는 건 무책임한 구석이 있어요. 차라리 되는대로 버텨보자고, 대신 함께 걸어보자고 하는 편이 더욱 위안이 될 거예요. 한 치 앞도 예측할 수 없는 이 광활한 우주에서는.

눈물은 질문일까

—

어째서 우리 청춘은

봄도 아니고 푸르지도 않나요

나는 우리의 삐걱이 좋았어

—

우린 자기 자신의 그림자를 밟고 서 있었어. 여름은 그리 덥지 않았고, 우리가 지나온 새벽은 구멍이 많았어. 그래서 술이 필요했고, 사람이 필요했고, 전체를 봐도 부분밖에 보이지 않았어. 바다엘 가고 싶었는데 그러지 못했어. 해변에서 보이는 바다는 왕따의 자리야. 대양에서 얼마나 떠밀려 왔으면 그 가장자리까지 당도했을까. 어떤 시인은 천국에 가도 내가 나빠지면 어떡하지, 하고 고민했대. 혹여 내가 바다에 가더라도 나의 속내가 아름답지 않으면 어떡하지? 나도 고

민했어. 인디고블루는 검정에 가장 가까운 파랑이야. 감정을
얘기할 때 파랑은 형편이 좋지 않아. 바다 앞에 설 때마다 말
을 잃는 사람들은 그리운 걸 떠올리는 중이래. 어쩌면 그게
싫어서 바다에 가지 않았던 걸지도 모르지. 얇은 여름 이불
을 뒤집어쓰고 잠들기 전에 떠올려 봤어. 그래, 너는 내게 끝
이 보이지 않는 무한의 바다였구나.

2부

◇◇◇◇◇

작은
이야기들

봄의 완역본

—

개나리가 피고 지는 줄도 모르고 봄이 갔다. 지워야 할 것들이 많아서 걸음이 빨랐던 탓일까. 불행은 가장 익숙한 것 안에 있다면서 매일 같이 주변을 더듬었다. 정말이지 허름한 날들이었다. 나는 삶의 덧없음을 아는 자만이 시인이 되는 것이라 배웠지만 그런 심오함을 깨닫기엔 너무 어렸다. 물론 여전히 나는 시인이 아니다. 다만 이번 봄을 지나면서 내가 잊을 수 없는 것은 삶이 어디까지 아름답고 추할 수 있는지 보여주고 간 이들이다. 그들은 다시금 세상에 섞여 또 다른

아름다움과 추함을 동시에 생산하고 있을 것이다. 봄은 나를
밟고 지나갔지만, 낙하하는 불행을 속절없이 맞아야 하는 이
도 있을 테니 나만 하면 다행이라 하겠다. 다음 봄엔 꽃이 핀
다는 소식에 소풍도 가고 감칠 햇빛 맞으며 노상에 누워도
보고 싶다.

여름의 박물관

—

이번 여름을 돌아볼 때 내겐 사람들에게 다정하면서도 무심한 거리감이 있었고, 커튼을 쳐도 들어오는 빛처럼 어쩔 수 없이 새어 나가는 우울도 있었다. 그래서 종종 돌아올 수 없는 여행을 떠나고 싶었는데 그러진 못했다. 다만 머물러 있었기에 주변을 돌볼 수 있었다는 사실에 조금은 위안이 됐다. 서울의 밤은 여전히 찬란했고, 찬란하기 때문에 더욱 공허한 기분이었다. 이 여름이 끝나면 매미들도 우후죽순 죽어서 떨어지겠지. 이번 계절도 사회가 환영하는 모범생으로

살진 못했다. 술집과 술집을 건너다녔고 글쓰기에 있어서는
거의 매일이 허탕이었다. 샴페인과 위스키로 시작해서 소주
로 끝나는 주말이면 가을은 오지 않을 것만 같았다. 내겐 세
상이 나의 노력을 몰라준다는 데 근원적인 어려움이 있었고,
마음은 아침 다르고 저녁 달랐으니까. 아무렴 날은 조금 더
선선해졌고 늦저녁엔 팔소매도 내릴 수 있는 기온이 되었다.
이때 무언가 도착한다면 그것은 반드시 가을이겠다.

가을의 이력서

—

드나들 곳은 많은데 머무를 곳은 좀처럼 찾기 힘든 계절이었
다. 본래 가을은 풍경이 제철이지만 황폐한 마음 때문에 멀
쩡한 두 눈을 가지고도 볼 수 없는 것들이 많았다. 유독 가을
비가 자주 내렸고, 나는 비가 오지 않는 날에도 장화를 신고
다녔다. 인간관계에 대해서라면 백전백패의 전적이 있는 내
가 가을에 한 일은 삶에 노련해지려는 시도였다. 특히 웃는
연습을 많이 했다. 때가 되면 준비했던 것처럼 잘 웃을 수 있
도록. 그렇게 해서 내가 아무렇지 않다는 걸 세상에 알릴 수

있도록 말이다. 그런데 잘 안됐다. 나의 열렬한 연기에도 불구하고 내가 어딘가 고장 났다는 걸 사람들은 미리 감지했다. 이렇게 쉽게 들킬 바에는 차라리 혼자인 게 편하지 않을까? 매번 자발적으로 스스로를 닫아걸려던 것도 그런 생각 때문이다. 만약 외로움도 이력으로 쳐준다면 고속 승진이 가능했을지도 모른다. 하지만 이제 그만 백기를 들고 투항하고 싶다. 으스스하게 소슬바람이 불어오는 가을날, 이 모든 무너짐 속에서.

겨울의 승강장

—

화이트 크리스마스가 낭만적일수록 다음날 거리는 더러워진다. 눈이 녹으면 흙바닥은 몹시 질척이고 모범적이지 못한 시민들은 쓰레기를 치우지 않고 자리를 떠난다. 시간은 오후 세 시. 대낮의 햇볕이 빌딩의 사각창을 비춘다. 그 뒤로 빌딩보다 커다란 그림자가 드리운다. 빛과 어둠은 언제나 동업자니까. 잠시 제자리, 참새와 페라리. 가진 것과 가지지 못한 것 사이의 괴리는 메워질 날이 없지만 누구에게나 환상은 필요하다. 머릿속은 계속해서 복잡다단과 정리정돈이 반복되고 뒤집힌다. 겨울의 승강장엔 도착하는 사람들과 떠나는 사람들이 빠른 걸음으로 교차하고 나는 그 사이에 우두커니 서 있다. 바쁜 외투와 가방들, 나쁜 생각과 방황들. 창밖의 눈송이가 언젠가는 사라질 것을 안다는 듯, 좀처럼 땅에 닿으려 하지 않고 펄펄 흩날리고 있다. 존재와 부재 또한 사이좋은 동업자여서 우리가 사랑한 것들이 우리를 울게 만든다 해도 별다른 수가 없을 것이다.

스스로를 닫아걸고

—

나의 의지와는 상관없이
필요에 의해서 오해받던 날
관계에 균열이 커져 갈 때
뱉어내기보다는 삼키는 것으로 말을 대신했네
너는 그것을 목격했고
안에서만 움트고 안에서만 글썽이는 것들을 나는
입에 물고 온 거리를 쏘다녔네
술집과 술집을 건너다녔네

한 시인은 그러한 시간이 천축보다도 멀다고 하였고
이 시대의 무한히 복잡한 거짓말이
헤아릴 수조차 없는 파리떼 같아서
삶은 계속해서 무궁무진했네
풍경은 그 자체로 아름다운 것이 아니라
오직 나를 통해서, 나의 개인적인 시선
내가 풍경에 부과하는 감정을 통해 아름다운 거라고
보들레르는 말한 적 있는데
그렇다면 내가 받아쓰는 풍경은
스스로를 닫아걸 수밖에 없는
흉한 마음을 모아둔 유곡

너와 나는 '우리'로

더는 호명될 수 없기에

희귀해지고 낡아가겠지 그 모든 지속이

우리가 살 수 없는 것들이

나의 의지와는 아무런,

아무런 상관도 없이

유랑기 1

—

시간이라는 붕대가 필요했어요

붕대는 끝이 없었어요

유랑기 2

—

폭탄 반 걱정 반이었어요

그 시절 내 머릿속은 온통

사라져도 모를 이야기

—

오늘은 기분이 좋지 않았어요. 이유는 모르겠어요. 크게 잘 못된 일도 없었는데도요. 오후 늦게 일어났고, 날씨도 청명 했는데 그냥, 그냥요. 기분이야 어찌 됐건 배는 고프니까 밖에 가서 육비 한 그릇 뚝딱하고 돌아오는 길이었어요. 육회 비빔밥이요. 돌아오는 길에 자주 보이던 회색 코숏 한 마리가 골목에 반쯤 누워있더라고요. 조금 놀랐던 건 새끼가 네 마리나 더 있다는 거였는데 그 골목이 걔네 본진(?)이었나 봐요. 고양이를 키우는 입장에서 그냥 지나칠 수 없는 일이

라 곧장 집으로 돌아가서 참치 두 캔을 담아왔어요. 경계할
수도 있으니까 가져온 그릇을 계단에 올려두고 잠깐 편의점
에 다녀왔는데, 그새 고양이 가족 다섯 마리가 그릇에 코를
박고 있더라고요. 그 가엾고 귀여운 식사를 끝까지 지켜보다
가 양쪽 발목에 모기를 일곱 방 물린 채로 집에 돌아왔어요.
기분이라는 게 참 별게 아니더라고요. 우연히 만난 길고양이
들에게 밥을 챙겨주는 일로도 활력이라는 게 생기고, 또 그
일이 이 지구의 작디작은 생명체에게 도움이 되었을 것이라
고 생각하니 나도 쓸모있는 인간이구나 싶고, 내일도 그 아
이들을 챙겨줄 생각을 하니 또 살아야겠다 싶었어요. 나는
이런 작은 이야기들에 끌리더라고요. 그래서 이런 기록이 더

애틋해요. 아무도 눈치채지 못하겠지만요, 너무도 작아서 먼

지처럼 사라져버려도.

서신, 네 번째

끝까지 모른 채 살거나

매 순간 즐겁게 배우기를

무릎베개

—

고생 많았어요

모두가 각자의 방식으로 애썼을 테고

무수히 멍들었을 테고

안으로만 글썽이는 것들을 참아냈을 테고

내뱉기보단 삼키는 것으로 대답을 대신했겠죠

적어도 우린 현실에 투항하지 않았어요

외면하지도, 도망치지도 않았어요

대신 괜찮다고 말하면서 버텼죠

실은 하나도 괜찮지 않은 지속이면서
빛의 언어로 번역한다면
우린 눈부신 윤곽을 얻었어요
노력과 동시에 공허를
피땀과 동시에 좌절을
무수히 통과하면서 획득한 빛무리가
우리를 견인할 거예요
그토록 가고자 했으나
결코 닿을 수 없었던 곳으로

Lux

인류는 어떻게든 더욱 '밝아지는' 방향으로 진화해 왔어요. 어둠을 극복하기 위해 전구를 발명하고, 더욱 선명한 소리를 내는 악기들을 개발했으며, 쇄빙선과 비행기를 고안해서 훨씬 넓고 밝은 시야를 가지게 되었죠. 생활 수준을 밝기로 치환해 본다면 현대인들의 평균적인 삶이 막강한 권력을 가졌던 루이14세나 신을 자처했던 바벨론의 왕보다도 밝을 것이에요. 그런데 과연 우리는 계몽시대의 인간, 중세의 인간 아니면 아득히 먼 고대의 인간보다 행복할까요? 누구라도 이

질문에는 모르겠다,고 답할 수밖에 없을 겁니다. 행복은 지극히 개인적인 울타리 안에서 생성되고 소멸하고 또한 해석되는 것이니까요. 비슬라바 쉼보르스카*는 이야기한 바 있습니다. 새로운 별이 발견된다 하더라도 하늘이 더 밝아진다거나 부족한 뭔가가 채워진다는 의미는 아니라고요. 앞으로도 세상은 막대한 자본과 기술력을 통해 더욱 환해지겠지만, 그것이 우리의 행복을 보장해 주지는 않을 겁니다. 인류가 발명한 전구에는 전기가 반드시 필요하지만 나는 우리가 광원이 되었으면 합니다. 스스로 빛을 내는.

* 폴란드의 시인이자 번역가. 발표한 시집으로는 『소금(Sol)』(1962),
『끝없는 재미(Sto pociech)』(1967), 『큰 수(Wielka liczba)』(1977), 『끝과
시작(Koniec i poczatek)』(1993) 등이 있다. 1996년에 노벨문학상을 받
았다.

트와일라잇 퍼플*

우리에게 청춘이란 그저 젊은 시절 그 어디쯤이 아닐지도 몰라요. 지구는 무려 45억 년 전에 탄생했고, 인간이 출현한 것이 200만 년 전, 유대인의 역사가 길다고 하지만 기껏해야 3천 년이에요. 현대의 물리학은 우리 우주가 앞으로 130억 년 더 존재할 것이라고 하죠. 그에 비해 인간의 목숨은 길어도 백 년 남짓이잖아요. 그렇게 생각하면 청년기와 노년기가 크게 다르지 않아요. 우주적인 관점으로 보면 우리의 전 생애가 청춘 그 자체니까요. 늦었다고 아쉬워할 것도, 아직 오지 않았다고 조급해 할 것도 없어요. 인생의 어느 시점에 있건, 우리는 매 순간 청춘의 한 가운데를 가로지르고 있는 셈이에요. 짧지만 아름답고 자주 흔들리지만 때로 무언가 피워내는 희로애락의 열차 속에서.

---

* 황혼녘에 아주 잠깐만 볼 수 있는 귀한 색.

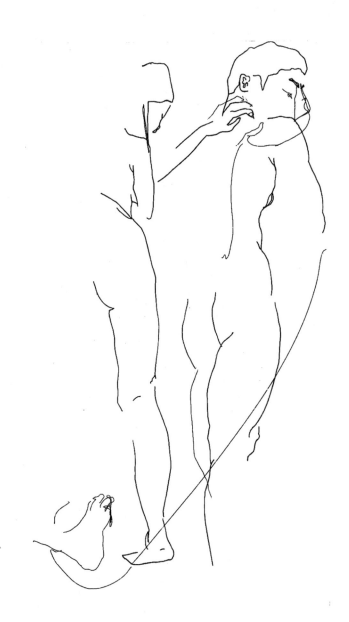

더 큰 생선에 대하여

—

I have bigger fish to fry. 8년 전 같이 살았던 네덜란드인 룸메이트가 알려준 표현인데, 저는 이 말이 꼭 마음에 들었어요. 말 그대로 더 큰 생선을 구워야 한다는 뜻이 아니라 '내겐 더 중요한 일이 있어.'라는 의미로 쓰인다고 하더라고요. 그래서 가끔 룸메가 밖에 나가서 한잔하자고 하면 안 된다면서 "I have bigger fish to fry...."라고 농담도 했죠. 그 후로는 일종의 주문 같은 게 되어버렸는데, 이를테면 무례하게 구는 사람이 있을 때 괜히 감정을 소모하기보다 '내

겐 훨씬 더 중요한 일이 있어.'라고 되뇌면서 마음을 다잡았어요. 우린 사랑하는 사람을 더 사랑하느라, 좋아하는 일을 더 좋아하느라 틈 없이 바빠야 해요. 유발 하라리*는 현대의 가장 희소한 자원 중 하나가 '주의'라고 했어요. 세상에는 주의를 분산시키는 것들이 지나치게 많이 산재해 있어서 정작 중요한 걸 놓치게 된다고요. 작은 일들에 사로잡혀서 더 큰 생선을 놓쳐서는 안 되겠죠. 더 중요하고 삶에 더욱 유익한, 무엇보다 나 자신의 행복을 위한 일들에 집중하길 바라요. 안타깝게도 우리의 시간은 지독하게 유한하니까.

*   이스라엘의 역사학자. 『사피엔스』의 저자.

밤물결

—

진흙 속에서 피는 꽃
비 온 뒤 사라진 파랑새
수취인 불명의 편지, 젖은 자국이 있던
우울 속의 파랑
아름답지 못한 이야기들
손톱달과 이른 아침의 윤슬
괜한 기대감
잠시 보였다 사라지는 무지개처럼

가진 노랑을 전부 쏟은 사람

—

우울은 광광 울거나 무너져 내리듯 아픈 마음과는 달라요.
우울은 텅 빈 느낌이 지속되는 거예요. 구멍 나버린 상자처
럼 텅 비어 있는데 아무것도 채울 수 없는 상태. 멍한 채로
시간이 계속 계속 흘러요. 작은 일들에, 사람들의 뒷담화에,
의도된 거짓말에 점점 무뎌져요. 그런데 우울한 사람이 의외
로 잘 웃어요. 익살이라고 하잖아요? 사람들 앞에서는 괜찮
은 척 곧잘 넘어가요. 공통적인 특징이라면 꼭 한 가지씩은
붙들고 하루를 보낸다는 것? 그게 술이든, 담배든, 잠이든 말

예요. 나의 경우에는 '과거'였던 것 같아요. 끝없이 회상하고 후회하고 뉘우치고 또 스스로에게 화내기를 반복. 무엇보다 과거를 수정할 수 없다는 사실이 힘들었어요. 나중에는 그 사실을 핑계로 계속 우울할 수 있기를 바랐던 거 같아요. 가끔은 우울이 좋은 핑계가 되기도 하거든요. 그렇게 같은 궤도만 맴돌았는데, 아마도 모든 마침표가 물음표 같아 보일 때였던 것 같아요. 가진 노랑을 전부 쏟아버렸던 게.

3부

◇◇◇◇◇

삶이라는
처음

푸름해

—

가끔 그런 생각해요. 사람은 삶이라는 옷을 입고 있는 게 아닌가. 어릴 때 엄마가 고른 옷을 주는 대로 입었던 것처럼. 뭣도 모른 채로 입고 있던 그 옷이 갑자기 싫어지면, 싫어졌는데도 교환할 수 없어지면, 그래서 그 옷을 평생 입어야 한다면 살아가는 일 자체가 미궁 같아서. 나에게 이런 일이 일어나면 안 됐던 건데. 나는 이런 일을 겪을 사람이 아닌데. 왜 하필 나지? 나의 불행에 대해서 순수하고 성실하게 추론해 보지만, 이미 잘못된 전제 위에 서 있는 걸 본인은 잘 모르니까요.

인간이라면 비극을 겪을 수도 있고 사방으로 난감해질 수도 있고 누가 파놓은 함정에 허우적댈 수도 있는 거잖아요. 마치 내게 그런 불운이 있어서는 안 되는 것처럼 행동하지만 신은 사람을 편애하질 않는걸요. 나는 인생의 가장 큰 미덕 중에 하나가 '받아들임'이라고 생각해요. 받아들일 수 있는 만큼 심지가 강해져요. 버틸 수 있게 돼요. 오히려 놓아줄 수 있게 돼요, 많은 것들을. 날 옭아매던 온갖 감정들로부터 해방되는 거죠. 애초에 우린 무엇도 아니었어요. 히토 슈타이얼*에 따르면 '미래는 인간 건강에 100퍼센트 유해하다'는데 그 이유는 간단해요. 인간이라면 누구나 미래에 죽으니까요. 허망하죠. 그토록 허망한 삶 앞에서 우리가 할 수 있는 유일한 일

이라곤 받아들이는 것뿐 아니겠어요? 그래서 가끔 그런 생
각을 해요. 이 칠흑 같은 새벽을 받아들이고, 삼키고, 끝내 지
나가는 것만으로도 광원의 희망이 있다고.

* 독일 뮌헨 출생의 무빙이미지 제작자, 수필가, 교육자이다. 베를린을
중심으로 활동하고 있으며, 2017년 아트 리뷰에서 세계 미술계에서 가장
영향력 있는 인물 1위로 선정되었다.

구원에 대하여

유대인 학살을 다룬 책 『죽음의 수용소』에서 빅터 프랭클은
이야기한다. 참담한 현실을 잊기 위해 과거의 향수에 빠져
있던 사람들과 지나치게 희망적인 미래를 믿었던 사람들이
오히려 아우슈비츠에서 생을 마감했다고. 암담하지만 현실
을 받아들이고, 최소한의 웃음을 잃지 않고, 최악의 환경에
서도 인간이기를 포기하지 않으려는 각고의 노력이 생존에
더 큰 도움이 된 것이다. 지나간 과거나 오지 않은 미래로 도
망가지 않고, 있는 그대로의 현실을 감내하며 버텼던 사람들
이 오히려 끝까지 살아남을 수 있었다.

어둠을 걷어낸 사람

—

오래된 일이지만 구청에서 라면과 생필품을 보급해 줄 정도
로 생활이 빠듯했던 친구가 있었는데 걔는 문학, 그중에서도
시를 참 좋아했어요. 걔가 한번은 서로 쓴 시를 합평해 보자
고 하더라고요. 그래서 서로의 중간쯤이었던 석촌호수 근처
에서 만났어요. 한여름이었고 손톱달이 뜬 새벽이었던 걸로
기억하는데 호수를 따라 산책로를 걸을 만큼 충분히 선선했
어요. 그때 걔가 그러더라고요.

"준아, 나는 나의 시가 누군가를 위한 기도였으면 좋겠어. 나

는 다른 일이 아니라 오직 글을 통해서 승부를 보고 싶어"

나는 그 말이 무모한 동시에 근사해 보였어요. 모든 걸 던지
겠다는 결심 같아 보였거든요. 합리적인 사고와 경제 논리에
따랐다면 절대 그러지 못했을 거예요. 글이 금전이 되지도
않고 상처가 명예가 되지도 않는 이 시대에는 특히요. 하지
만 누군가는 선택해요. 그 황폐한 곳에 집을 짓고 스스로 거
주하기로.

7년이 지나고 그 친구에게 연락이 왔어요. 다음 달에 결혼을
한다고요. 지금은 작사가로 자리 잡았다는 소식까지 덤으로
들으니 시간이 많이 흘렀구나, 그동안 악착같이 버텼구나 싶
었어요. 적어도 이제는 창작을 금전으로 치환하고 있는 셈이

니까요. 나는 그 친구가 여태껏 견뎌온 힘으로 앞으로도 잘
헤쳐나갈 수 있을 거라 믿어요.
어둠을 피하지 않고 겪어낸 사람이라면 반드시 빛을 그릴 수
있을 테니까.

포인세티아*

—

덴마크의 작가 한스 크리스티안 안데르센은 어린 나이에 아버지를 여의고 온 가족이 일용직 노동자로 전락하면서 불우한 유년기를 보냈어요. 정규교육을 받지 못했고, 뒤늦게 입학한 학교에서는 교장이 나서서 안데르센의 글을 힐난했다고 하죠. 환갑이 넘어서도 악몽을 꿀 만큼 그 일은 그에게 커다란 트라우마로 남았어요. 그런데 이 사람, 이름만 들으면 낯선 외국 작가 중 한 명인가? 싶기도 한데 그는 우리가 익히 알고 있는 『미운 오리 새끼』, 『성냥팔이 소녀』, 『인어공주』를 쓴 세계 최고의 동화 작가예요. 그는 어린 시절의 열등감과 분노와 복수심을 문학으로 불꽃처럼 승화했어요. 그가 말년에 고향인 오덴세를 다시 방문하면서 남긴 말은 우리 마음에 불씨를 지피기에 충분해요.

"오덴세를 떠나는 날이 왔다. 10월 11일이었다. 사람들이 몰려와 기차역이 북적거렸다. 여성 친구들이 꽃다발을 안겼다. 내가 탈 기차가 플랫폼으로 들어왔다. 시장인 헤르 무리에르가 작별인사를 했다. 나도 잘 있으라고 말했다. 요란한 만세 소리가 몇 번이나 반복되었다. 기차가 움직이면서 그들의 모습이 뒤로 멀어져 갔다. 또 한 무리의 사람들이 기다리고 있다가 만세를 외쳤다. 이윽고 그들도 멀어져 보이지 않게 되었다. 드디어 온전히 나 혼자만 남게 되자, 비로소 내가 태어난 곳에서 신이 내게 내렸던 모든 명예와 기쁨과 영광의 의미를 깨달았다. 결국, 내가 얻을 수 있었던 가장 크고 위대한 축복은 나 자신이었던 것이다."

* 크리스마스 시즌에 개화하는 꽃으로, 꽃말은 '축복'이다.

어느 쪽으로나 낙원이기를

—

지나가던 사람의 티셔츠에 적힌 문장이 눈에 띄었어요. You are your only limit. 너 자신이 너의 유일한 한계다. 참 좋은 말이라 적바림해야겠다고 생각해서 기록해 두었던 것이 글의 첫머리가 되었습니다. 그저 그냥 살아간다고 될 것이 아니라 나 자신을 넘으려는 노력을 통해서만 진정한 삶을 살아갈 수 있다는 말로 받아들여졌어요.

나는 그게 당연하다고 생각하며 살아왔거든요. 도전하고 한계를 깨트리고 더 나아가 세상에 한 획을 긋자. 그것이 내가 살아가는 이유다. 그런데 가깝게 지냈던 동생 욱이는 그런 말을 하더라고요.

"나는 목표 같은 거 없어. 그냥 하루하루 행복하게 살다 죽을래."

그 애가 티셔츠에 적혀 있던 문장을 보았다면 어땠을까요. 그냥 피식 웃고 말지 않았을까요? 세상을 어쩌다 그렇게 회의적으로 보게 되었는지 되물어보지 않았지만 그 애처럼 사는 것도 많은 용기가 필요할 것 같았어요.

그 친구와는 다르게 나는 자꾸만 새로운 길을 내고, 새로운 표지판을 세우고 싶었는데, 왜 그랬을까요. 부단히 움직이고 새로운 곳으로 떠나고자 하는 의지는 어디에서 솟아났던 걸까요?

최근에 우연히 '신이 대학생을 만들 때'라는 고전 밈을 다시 보게 되었어요. 신이 둥근 그릇에 등록금을 붓다가 으악! 과제를 넣다가 으아악! 과제는 많이 넣었으니까 시험은 조금만, 하다가 으아아악! 결국은 신의 실수로 인해 영원히 고통받는 대학생이 만들어진 웃기고 슬픈 밈.

어쩌면 욱이와 나의 방향이 다른 것도 살아오면서 체화된 기질에 의한 것일 테고, 각자의 내면이 만들어지는 과정에서 마음에 붓거나 (의도와 상관없이) 부어진 것이 현격히 달라서일 것입니다. 자라온 환경과 보고 배운 것의 차이가 태도에

영향을 크게 미친 거겠죠.

모든 것이 상대적인 니힐리즘의 21세기에 무엇이 정답이냐
는 질문은 다분히 시대착오적입니다. 물론 나는 강강강으로
살기를 선호하는 사람이지만, 그 애의 말처럼 광막한 대양을
유영하듯 살아가는 것도 우아한 면이 있잖아요. 현실판 소설
주인공 같기도 하고요. 그 애가 저한테 그러더라고요.

"그래, 열심히 사는 거 좋은데 오늘 하루만큼은 내일 없는 사
람처럼 노는 거 괜찮잖아?"

태엽

—

되는 일이 하나도 없다는 말을 계속해서 그런지 몬스테라에 물을 주려다가 아침부터 물병을 통째로 엎었어요. 닦지 않고 집을 나섰어요. 물이니까, 그냥 두면 마르니까.

나는 하고 싶은 일이 참 많았는데 그래서 하지 못한 일도 많았어요. 일보다도 사람에 대해서라면 할 말이 더 많은데 사람을 좋아했고, 또 좋아하지 않았고, 증오했고 가끔은 다시 보고 싶기도 했어요.

어쨌거나 물은 이미 엎어졌고, 천천히 멀어지면서 헐거운 이

별을 하기도 하고, 때론 너무 단숨에 저지르기도 했지만 이러나저러나 슬픈 건 매한가지에요.

꾸준히 하던 운동도 손가락을 다치는 바람에 무기한 쉬게 되었고, 어째서 안 좋은 일은 한번에 일어나는지 요즘은 일거리도 줄어들었어요. 팬데믹 이후로 물가는 쉬지 않고 오르는데 말예요. 그나마 열심히 하는 일이라곤 오래된 하루키의 산문을 찾아 읽고 베껴 쓰는 일? 참으로 태평한 소리죠.

오늘은 오후 두 시, 느지막이 일어났어요. 무력한 몸을 이끌고 빈속에 커피 한 잔 하러 나와서 글을 써요. 손가락 아픈데 어떻게 쓰냐고요? AI가 제 음성을 인식해서 텍스트로 변환해 주고 있어요. 과학 기술이란 엄청나죠. 저는 그 위대한 과

학에다 대고 말해요.

행.복.

행복은 내 안에 있는 거래요. 어떤 스님이 그랬는데…. 이제
는 티브이에서 볼 수 없어요. 모든 활동을 중단했거든요. 무
려 '스님'인데 남산이 보이는 집에 새빨간 페라리를 소유했
다는 게 알려지면서 사람들의 분노를 샀어요. 재밌죠. 순간
순간 행복하라고 설파했던 그 스님은 지금 행복할까요, 불행
할까요? 그만큼 어려운 건가 봐요. 행복하게 산다는 게, 또한
사랑받으며 산다는 게.

그러니 시선을 돌려 나의 내면을 더욱 주시해야겠죠. 되는

일 하나 없는 요즘이라도 행복할 만한 요소가 없는지 뜯어 보고 관찰해야겠죠. 그러면 적어도 내 삶에 주인이라도 되는 격이니까요. 당장은 잠이라도 깊게 자고 싶은 마음뿐이지만 요. 언제나 그렇듯이 어제는 오늘로, 오늘은 내일로 고스란 히 진행될 거예요. 되는 일 하나 없는데도요.

마치 미리 감아 놓은 태엽처럼. 일말의 누락도 없이.

성공하세요 실패할게요

—

아침이 되면 정해진 곳으로 가야 했다

그곳에서 나는 성공을 학습하고

누군가의 성공 방식을 익혔다

그곳엔 이미 성공한 사람들도 있었다

그들은 더 큰 성공을 위해 살았다

그럴수록 젊음은 더 이상 젊지 않고

사랑은 더 이상 사랑스럽지 않았다

나는 성공하려 할수록 허름해지는 내면이 싫었다

화살은 전부 빗나가고 마음엔 빚만 남는데

금전과 호환되지 않는 꿈은 꿈이 아니라고

감성 따위 신기루를 믿지 말라고 그들은 그랬다

뛰어내린 사람이 많을수록 다리는 유명해진다

그들은 성공했을까 실패했을까

고백하자면 나 자신이 커다란 실패였다

하지만 나는 알고 있었던 것이다

돋보이는 성공도 뒤집어 놓고 보면

실패와 다를 바 없다는 것과

삶은 아주 자주 평범하고

이따금 미치도록 가혹하다는 것을

방랑기

학교에 간다 해놓고 당구장엘 갔어요. 끊어 놓은 독서실엔 가지 않고 길에서 담배를 물고 피웠어요. 어른이 된 것 같았어요. 지금 나이쯤 되면 편의점에서 민증을 긁어보지도 않겠지만 이제는 살피지 않아요. 문제가 많았던 그 아이는 커서 일하겠다 말해놓고 세월 네월 글만 써요. 일한다 했지 돈 번다 안 했다고 따박따박 말대꾸를 해요. 그 아이는 커서 또 글쓰기 강연엘 나가요. "어떤 글이 가장 좋은 글이라고? 솔직한! 글이 가장 좋은 글이야 얘들아. 솔직함의 최전선에서 글

을 써보렴." 그렇게 가르치면서 정작 본인은 솔직하길 힘들
어해요. 나는 문제가 많으니까요. 나는 나 자신을 톺아보고
싶지 않은데 말예요. 저번 주 수업에서 혁이가 글을 하나 썼
어요. 제목은 '(찬) 밥'이었어요. 학교 마치고 아무도 없는 집
에서 다 식은 밥을 먹었다는 내용이었어요. 솔직하게 쓰라는
게 자기 자신을 송곳으로 찔러보라는 말이라는 걸 알려줘야
했을까요? 쓰면서 아팠을까 봐 아니, 아팠겠죠. 나는 (따뜻한)
말을 해주었어야 했는데 제목이 좋다고만 해버렸어요. 이번
주 수업에서 이 글을 보여주면 다음 학기부턴 학교에서 더는
저를 부르지 않을지도 몰라요. 솔직하게 쓰는 것도 어렵지만
그것을 보여주는 건 훨씬 난감한 일이에요. 아무도 없는 곳

에서의 눈물이 질문이라면, 그 질문을 쓰고야 마는 것이 글
쓰는 사람의 숙명 같은 거라고 알려주어야 하겠죠. 그보다도
솔직히 진짜 솔직히 이 수업, 당장 환불 각인데.

서신, 마지막

—

자주 쓰던 머스크 향
결혼식에서 가져온 꽃다발
여름 소매의 끝자락
갓파더와 마티니, 새벽 두 시
중심이 비어 있던 은반지와
관객이 없던 심야 영화
순간과 영원이 교차하고

비슷한 생김새의 코코 목걸이

알렉산더 왕과 발렌시아가

믿음과 의심 사이에서

깔깔 웃고 콸콸 울었던

그래도 다행이에요

우리가 함께 나누었던 것들이 있어서

창문은 항상 열어 두겠어요

아주 멀리 있더라도

마음껏 침범할 수 있도록

소낙별

어릴 때는 그냥저냥 하다가 잘하게 되기도 했는데 요즘은 잘 하려다가 그냥 하게 되는 일이 잦아요. 그 일이 최악으로 치 달으면 잘하기는커녕 그냥조차도 하기 싫어지고요. 선택하 고 책임져야 하는 게 삶인데 막상 선택은 미루고 책임은 피 하고 싶어요. 지금처럼 계속 만사가 귀찮고 허무하면 어떡하 죠? 가끔은 내 앞에 남아 있는 많은 날들이 무척 까마득해요. 그래도 아직 잘해보고 싶은데, 완전히 포기해버릴 순 없는 데, 하면서 하루하루 버텨요. 실낱 같더라도 가야겠죠. 무언

가 끝까지 해내겠다는 약속을 지킨 적이 있었는지, 그 어김

까지 나라고 인정하면서.

외로움도 이력이 되나요

—

이제는 클릭 한 번으로 시리아 알레포가 폭격을 당했다거나 북극의 만년설이 녹아내린다는 사실을 알지만, 나는 나의 들숨보다도 가까웠던 사람의 마음을 도무지 알 수 없었고, 알 수 없다는 사실이 너무 자주 깨달아졌고, 괴로웠고, 애를 써야 했고 그런데 잘되지 않았어요. 얼마 전에는 지구로부터 135억 광년 떨어진 은하가 발견됐다는 사실이 천체물리학 저널을 통해 알려졌는데, 타인의 마음이란 그 은하보다도 아득해서 하와이에 있는 스바루 망원경으로도 결코 관찰할 수 없겠죠. 아무래도 사람 속은 과학 밖의 일이니까요. 별과 나 사이의 안타까운 거리가 좁혀질 리 없는 것처럼 서로는 서로에게 이토록이나 까마득해요. 이러한 사실이 다시 자주 깨달아지겠죠, 괴롭겠죠, 애를 쓰지만 잘되지 않겠죠, 그래서 또다시 혼자일테죠. 오래, 또 오래.

완벽한 파랑

나일강의 오묘한 빛깔을 따와서 우리는 그 파랑을 나일 블루라고 이름 붙였어요. 프러시안 블루는 인간이 가장 먼저 만들었던 물감의 색이고, 로코코 시대의 차분하고 아름다운 파란색은 내티어 블루라 부르죠. 밤하늘의 미세한 파랑은 미드나잇 블루, 또 대낮의 맑은 하늘은 아쥬레 블루라는 고운 이름을 가지고 있어요. 우리가 하나같이 파랑이라고 부르는 색에도 이렇게나 다양한 빛깔이 있는데, 누가 그걸 중요하게 생각이나 하겠어요. 우린 바쁘다 바빠 현대인인 걸요. 우리에겐 재력도 명예도 중요해요. 현대에 산다면 누구나 그렇듯. 하지만 나는 내가 수십 가지 파랑을 볼 수 있는 눈을 가졌다는 것에 더욱 자부심을 느껴요. 금전과 명성은 있다가도 없는 것이지만 갈고닦은 심미안은 사리지지 않으니까요. 그것을 위해서라면 끝까지 끝까지 끝까지 버티고 싸울 거예요.

나의 내면과 흔쾌히 악수하는 일

—

90층 높이의 라운지에서 셔벗을 주문한다거나, Vin Method Nature 라벨이 달린 와인을 페어링해서 '디너'를 즐길 줄 아는 것도 격이랄지 교양이랄지. 아는 지식이 많아서 사물을 헤아리는 능력을 바탕으로 품위도 형성되는 것이겠지만요. 세계가 무너지고 지구 종말의 해일이 덮치면 교양도 품위도 없는 이족보행의 호모 사피엔스일 뿐이라는 생각은 결코 쉽지 않잖아요.

보들레르도 그러한 이유로 신에게 용기를 달라고 했어요.

'오 주여! 제 마음을 들여다볼 수 있는 용기를 주옵소서.'라
고요. 맨정신으로는 있는 그대로의 자신을 볼 엄두가 도저히
나지 않으니까요. 오죽하면 용기를 달라고 기도했을까요. 인
간은 열망을 추구하느라 달에도 날아가고 뛰는 심장도 이식
하지만 우리는 우리에 대해서 얼마나 솔직한가요?

스스로에게 진솔해지는 일은 저에게도 종료되지 못한 과업
으로 남아 있어요. 과학의 발전이라든가, 문화에 대한 폭넓
은 이해와는 별개로 인간의 감정은 지극히 원시적인 것이라
서요. 때로는 궁흉하고, 때로는 징그럽고 언짢고 불길한 나
의 내면과 악수하는 일에 과연 초연할 수 있을지…. 차라리
모른 체하며 손톱 밑 가시를 영영 내버려 두는 게 나을지. 아

무래도 보들레르와 같은 기도를 할 수밖에 없을 것 같아요.

"부디 용기를 주세요. 있는 그대로의 저를 볼 수 있는 용기를…"

다들 그렇다고 말하는 질병에 대하여

—

"각자의 상황이 다르니 이해하라는 말이야." 웅이는 그렇게 말하더라고요. 나는 그 말이 맞다고 생각해요. 다름을 이해할 줄 알아야 어른이죠. 내가 세상에서 가장 거부하고 싶은 말이 뭔지 아세요? '다들 그렇다'는 말이에요. 뭐가 다들 그렇다는 거죠? 80억 인구가 다요? 그럴 리 없잖아요. 세상에는 보르네오의 왕도, 소련의 노동자도, 세월만 낚는 강태공도 있는 거죠. 수저통에 무수히 꽂힌 젓가락마냥 똑같은 무게와 생김새로 무더기처럼 쏟아져 나온 게 인류가 아니잖아

요. 세상은 포토샵 색상판 같아요. 무한대의 색깔이 존재하
지만 어느 하나 동일하지 않아요. 나는 살아가면서 최대한
많은 경우의 수를 만나보고 싶어요. 그리고 그 이야기들이
결코 '같았다'고 말하지 않을 거예요.

응원의 최전선

―

내가 가장 헤맸던 것은 나 자신이 아닐까 합니다. 내 이름이
나도 아니고 내 직업이 나의 전부도 아니고 나의 생김새가
꼭 나라고 할 수 있는 것이 아니잖아요. 그것은 포장지, 내지
는 커피의 크레마처럼 얇은 표피 같은 것이에요. 그런 겉을
보고 사람들은 섣불리 판단을 해요. 너는 이렇다, 또 저렇다.
물론 남들이 하는 얘기가 나의 분명한 일부이기도 하겠지만
그 말에 스스로를 가둘 필요는 없잖아요. 그들의 말은 무책
임하니까요. 나의 삶을 책임질 수 있는 건 오직 나 하나뿐이

에요. 이건 탐구의 영역에 가까워요. 그냥저냥 알아지는 게 아니라 스스로를 세밀히 관찰하고 들여다보고 연구해야 하는 거죠. 나라는 심지는 그렇게 해서야 겨우 지켜낼 수 있는 거예요. 그것이 또한 자기 자신을 응원하는 최선의 방법이기도 하고요.

디제스티프

삼 년 전에 산 가죽 구두가 있어요. 때가 가을이어서 버건디 색을 골랐던 기억이 나네요. 그 시절엔 발이 작아 보이면 좋겠단 생각이 컸어요. 발볼이 넓은 게 콤플렉스였거든요. 그래서 크게 사도 모자랄 구두를 한 치수나 더 작게 사버렸어요. 발이 커 보이는 건 죽어도 싫으니까 살가죽이 터지고 속에 물이 괴도 어떻게든 참았던 것 같아요. 그렇게 일 년, 이 년 흐르다 보니 가장자리의 마감이 늘어나고 발등도 꽤나 헐렁해져서 더없이 편한 구두가 되더라고요. 발을 옥죄던 가죽의 빠듯한 긴장을 저는 누구보다 무식한 방식으로 버텼던 거예요. 이제 조금 낡긴 했지만 새 구두를 사도 자주 손이 가는 건 그 버건디 구두에요. 나를 너무도 아프게 했던 바로 그 구두.

실은 이번 책을 쓰면서도 꼭 그때 같은 느낌이었어요. 글이

좀체 써지지 않아서 속이 터져 버릴 것 같고, 이런 글을 써도 되나? 이런 글도 글인가? 하는 생각이 들 때엔 더 이상 걸을 수 없을 만큼 마음이 아팠어요. 그런데 살가죽이 터지고 속에 물이 괴는 걸 감내하다 보니 끝내 한 권 써냈어요. 물론 글이라는 구두가 아직 저에게 잘 맞는 거 같진 않아요. 어떤 날은 그 구두에 발이 들어가지도 않거든요. 다만 어떻게든 신고 다녀볼 요량이에요. 이토록 소란하고 난해한 세상에서 제게는 달리 방법이 없는 것 같아요. 글쓰기로 답하는 것 외에는.

2022년 초가을, 김준

초보인간

1판 1쇄 인쇄 2022년 11월 21일
1판 1쇄 발행 2022년 11월 30일

지은이 김준
펴낸이 안종남

펴낸 곳 지식인하우스
출판등록 2011년 3월 31일 제 2011-000058호
전화 02-6082-1070
팩스 070-7966-0156
전자우편 jsinbook@naver.com
블로그 blog.naver.com/jsinbook
페이스북 facebook.com/jsinbook
인스타그램 @jsinbook_official

ISBN 979-11-90807-23-4 03810